네가 아직 세상의 전부일 때

유기택 시집

네가 아직 세상의 전부일 때

달아실기획시집
42

보조 용언과 합성 명사의 띄어쓰기 등 본문의 맞춤법은 시인의 의도에 따른 것임.

시인의 말

할 말 없음.

금 밟지 말란 말이야.

2025년 6월 샘밭에서
유기택

차례

네가 아직 세상의 전부일 때

시인의 말　5

1부

달팽이를 먹다　12

비 온다, 봄비　14

호모 루덴스　16

낮　18

태평역에서　20

밤비　22

어떤 날　24

표표히　26

풍덩　28

악어　30

슬픔에 관한 수상한 잡문들　32

그리고 한동안　34

평장平葬　36

붉은 안개　37

혼몽昏懜　38

가족　40

잘생긴 돌　41

타는 가을　42

2부

폐지 줍는 사람들　46

9월 나비　48

무無　51

전어錢魚　52

옛날 옛날에　54

쇼팽 에튀드 11번　56

노승老僧　58

목요일엔 비　59

유령들　60

전야前夜　62

속젓　63

대설大雪　64

고독　66

건가자미　68

그 겨울의 고독　69

너무 먼 나라　70

적설　71

타관　72

3부

눈 내리는 저녁　76

반지하 살아요　78

밥　80

꽃샘추위　81

명함　82

파손 주의　83

낙우송落羽松　84

중中　86

도깨비 홀린 듯　88

봄 마실　90

꽃마리　92

우산이 있는 풍경　94

반벙어리 새　96

레디메이드 하류　98

폐업　100

첫사랑은 버스 정거장에서 끝났다　102

표류漂流하는 자　104

춘정春情　106

4부

개구리 만세　108

오월 하루 햇살 좋은 날에　110

샘밭　111

오월　112

층간 소음　114

가죽 시장　115

우후雨後　116

바람에 향香을 듣다　118

인동 덩굴　120

허무 개그 연작　122

인력 시장 비수기　124

안부　126

미안　127

맹수　128

뇌진탕　129

엄마　130

꽃말　132

슬픔　133

영일寧日　134

해설 _ 움직이는 세계의 불확실성 • 오민석　136

1부

달팽이를 먹다

먹빛이었다
머핀 카스텔라였다
뱅쇼였다
먼 이국의 모래 언덕 끝에서 갑자기 마주친 바다였다
바다가 아니면 사막이었다
날 선 벼랑 위를 걷는
한쪽으로 옮겨 디디면 바로 천 길 낭떠러지
시소였다
해갈할 수 없는 목마름이었다
절애切愛였다
식민지였다
아드리아 해안이었다
복잡한 양상을 보이는 조류였다
만에서 흘러나온 시간의 퇴적물로 평평해진 해저였다
돌아갈 시간이었다
오후 여덟 시가 되었다고 했다

8이 천천히 가로누웠다

∞
조용히
그러나 격정으로 들끓던

한없이 가벼워지거나 무거워지거나
어느 쪽이 되었건 그건 신의 영역이었다

비 온다, 봄비

비 내린다

천만년 전 꽃으로
비가 내린다

천만년을 건너온

꽃 뜰에 비 온다
다 젖었다

어떤 것들은 지고
어떤 건 남는다

천만년을 더 지난

천만년 뒤 꽃 뜰에
비가 내린다

모두 가고 없어도

비는 내리고

당신을 보내 놓고
한참을

그때도
아마 봄이었을 것

호모 루덴스*

순수와 열정의 반칙
마모의 방향을 관찰하다 날을 발명했다
도루코*의 전성기를 이끌었다
무엇이건 최소의 통증으로 잘려 나갔다
방향이 운명을 결정한다
문명이라는 변명에 날을 숨기면
침묵하는 양들의 인내를 제물로 삼았다
과거와 현재의 양상은 미래의 반영
이제 곧
호모 데우스*의 발명으로 쓸모를 잃은
대개 호모 사피엔스들이 사라질 것이다
슬기로운 사람들이 무심히 잘려 나가는
무통 세상의 배반을 맞이하게 될 터였다
소문에는 벌써 어딘가에
호모 사피엔스 박물관을 짓고 있더라는
대부분 헛소문으로 뒤가 밝혀지겠지만
방향의 우스갯소리들이 먼저 도착했다
발명은 늘 그렇게 농담의 태도를 취했다

너무 일찍 깼다

많은 천재 시인들이 요절했다
느린 자살이었을 거란 평판이 돌았다
요절은 애초에 물건너갔다
다만, 어떤 시의 발견이
호모 사피엔스의 멸종을 막을 수 있기를
동업자 정신으로 살아남는
슬기로운 사람들의 세상이 남기를 바랐다
그러나 결국
코나투스*의 농담이 멸종을 발명할 거였다

더 자자

* 호모 루덴스: 놀이하는 인간
* 도루코: 대한민국의 면도기, 커터 칼 및 주방용품 전문 기업
* 호모 데우스: "신이 된 인간"으로 번역할 수 있으며, 유발 하라리 교수
  의 저서이기도 하다.
* 코나투스: 라틴어. 사물이 본디부터 가지고 있고, 스스로를 계속 높이려
  는 경향을 말한다.

낮

성당 가는 골목
대낮 붉은 벽돌 담장 위에

참새네
한 번 두 번 세 번 네 번

참새 굴레 씌우겠다.

꽁지깃 바짝 치켜들고
수컷을 자꾸만 졸라대는

가만히 소란한 낮
아휴, 눈부신 저것들

아아, 벌건 대낮에
미치게 짧은 이 여름날에

바장거리는 샘

이제 곧
가을 바심이 소란해지겠다.

태평역에서

이 안에선 왼쪽과 오른쪽밖에는 없다

누구나 이 안에선
무성 영화 화면 속 사건이 된다

소리를 죽였다

잠깐 회상은 대체로
흑과 백으로만 나뉘어 채록된 것들

왼쪽에서 들어와
오른쪽으로 빠르게 빠져나갔다

늙다 변절한 시인 같다

검은 굴에서 빠져나와
다시 검은 굴속으로 스르륵 달아난다

발이 사라진 먼 이승의 뱀처럼

타인의 설화說話처럼
침묵하는 스크린도어 비늘처럼

태평이다

앉았다, 섰다, 서성이다, 간다

언제 다시 올지 모르는 생은
불 들어온 역마다 잠깐씩 멈추어 섰다
그대로 떠났다

밤비

먼 동네 불빛도 다 젖었구나

마을버스는
집 앞 정거장을 지나쳐
허겁지겁 나를 내려놓고
골난 뚝지*처럼 가버렸다

오버 주루와 태그 사이
열정과 냉정의 그 사이

어정쩡히 웅크린 검은 숲은
줄기찬 빗소리에 축 처지고

지지부진하던 소식은 끊겼다

잘 살아

비는 그칠 줄 모르고
마을을 돌던 버스도 끊어졌다

* 뚝지: 꺽짓과에 속한 민물고기

어떤 날

갑자기 한꺼번에
천둥 번개와 비바람이 몰아쳤다

숲속 새들은 모두 외로워서 죽었다

비 오는 내내 조용했다

빗소리만 무겁게
마당을 몰아 쓸다 하루가 갔다

미루어 둔 생각들의 귀가 젖었다

그런 날이면
다정한 말에 붙들려 지내던 것들이
외로워서 죽었다

귀 가렵던 소문 따위는 금세 잊히고
나중 발견될 유골의 해명만 남았다

-희망이 있어 희망을 말하는 게 아니야
 희망을 말하지 않으면
 희망은 끝으로 사라질 것이기 때문이야-

공교롭게도
바깥소식이 끊긴 날, 비가 내렸다

표표히

애인아
아무래도, 우린 너무 늙은 것 같아

꼬리가 아홉이나 달린

왜가리 하나가
강 여가릴* 슥슥 걸어가다가 섰어

비 그친 강물 속을 뚫어져라
제 모습을 들여다보다
훤히 비친 몰골에 목이 메는지
대가릴 강물에다 콱 처박더니
저도 그만 기막힌지
참았던 울음을 크허헉 토하는 거지

암만 생각해 봐도 그랬겠지
열쩍었을 거야

젖은 대가릴 한 번 푸르르 털더니

별일도 아니라는 듯
공중으로 훌쩍 날아올라 가버렸어

하긴, 오줌발의 오조준도
갈수록 더 완곡緩曲해지는 편이긴 해

종점까지는 직살*나게 멀어
포물선의 경사를 잘 읽어야 하지

그런데 말이야 그게 다 보여, 그렇지

* 여가리: "언저리"의 강원 방언
* 직살: "직사"의 강원 방언
* 직사하다: 주로 "직사하게"의 꼴로 쓰여 "아주 심하게"의 뜻으로 쓰임.

풍덩

나무가 새를 기억하는 방식

밤새
가지에서 자고 가는 새를 향해
보일 듯 말 듯
손을 흔들어 보내는 것
한참을 고요하게 서서
가만히 바라보기만 하는 것
제 속의 한참을
노을처럼 들여다보는 것

가거라, 날랜 듯이 가거라.
새파랗게 갠 날의 고요한 기도

안노인을 보내고 며칠
노인의 외딴집에
한 무리 사람들이 모여 웅성거리다
급하게 떠났다

시신 기증서가 이행되고
홀연히, 빈집 하나가 생겨났다

빈집은
기억이 풍화하는 바람의 마지막 곳간

날로 허술해지는 추억의 유골을 베고 누운
여윈 고양이의 풍장만 길게 남았다

흐린 울음
깊은 우물에 돌 하나 던지고

천천히 저물었다

악어

은하와 은하가 충돌할 때
별들은 유령처럼 서로를 비껴갈 거래
소리 없이 하나가 되는 거래
실제 성간은 죽음처럼 넓어 그렇다지

이건 아주 오래전 여름 이야기야
우리는
얕은 강바닥을 기어다니며 놀곤 했지
땅을 짚고 물살을 헤는 카이만이었어
어머니를 먹는 어린 포식자들이었지
강물 속에서 소나기를 만나면
잔잔한 물에 일으키는 비의 물보라를
황홀하게 바라보곤 했어
수면 위로 팔딱팔딱 튀어 오르는
투명 크리스털 피라미들 같았지
소나기가 한차례 지나고 해가 나도록
우리는 겁먹은 얼굴로 물속에 잠겨
눈알만 대굴대굴 물 밖에 내놓고였어
이제 보면 성긴 카이만의 시간이지만

아름다운 것들로 가득한 세상이었어
무용한 눈물을 모르던 시절이었지

이제는 우리도 모르는 은하가 되도록
우린 몇 개의 은하를 지나쳐 온 걸까
그냥저냥 잘 지내는 것 같다가도
이따금, 별의 상처를 만날 때가 있어
눈물 흘리는 별의 충돌이 있었을 텐데
유령처럼 서로를 지나 하나된 거겠지

제 마음의 구김을 삼킬 때만 잠깐
증기처럼 흐렸다 개는 눈물의 짐승들

우리가 악어였다는 걸 어쩌자고 자꾸
잊고 지내는지 모르겠어, 나의 카이만

슬픔에 관한 수상한 잡문들

시계방 사내의 우중충한 매장 벽에는 아직도. 그래
낡은 괘종시계를 족쳐 보아야 할 때가 되었지 아마.
사각 눈동자를, 속을 열어 느려지는 분침을 고치고
하루에도 십 분씩은 매일 늦어지고 있어
염소들 불안한 웃음소리를 분해해 울음을 걷어내고
염소 같은 사내가 시간마다 걸어 둔 안도의 부적을
부랄 해머의 고집스런 타전을 기다림으로 나누고
나누어 딱 떨어진 몫을 허전으로 환전하고
단단히 감아서 더는 돌아가지 않는 태엽을 강제로
만기가 지난 시간의 적금 통장은 아아아 그만
에이티엠기 앞에 서면 상냥한 윙크를. 그게 좋겠어
사각 틀의 음모에 갇힌 그 기계의 표정은
통장 잔고를 증명해 보여야 화색이 도는 게 맞았어
사각 눈동자 속을 우리가 지켜보는 걸 저들은 몰라
엄마가 이 별 저 별을 옮겨 다니며 여행 중이란 걸
그랬을 거야
이십 년 전 낼모레 엄마가 돌아가셨어. 그리고 글피
누군가와 약간 다투고 사과하고 좀 울었던 것 같아
다투고 사과하고 울지, 누구나 외로워서 그럴 거야

외로운 건 죽어서 나비가 된대, 상가에서였을 거야
외로움을 헤적이는 나비는 고양이 호기심의 밥이래
타인의 전쟁에서 다리를 잃고 휠체어에 앉은 사내는
네이팜탄에서 살아남은 소녀를 이제 기다리지 않아
종일 혼자여도 아무도 기다리지 않지
뿌리만 흐리게 남은 슬픔의 결사를 적발해 낸 거야
지울 수 없는 화인火印으로 봉인한 산 자들 명부를
오십 년간을 연금으로 돌려받은 두 다리의 조각들을
깊은 슬픔을 모르는 자들의 부비트랩 같은 미소를
자기들 탓이 아니란, 입에 발린 반성의 그 시간이면
슬픈 문장들을 흐지부지 끝마치기에는 안성맞춤이지
고물상 구석으로 밀린 고철 더미처럼 녹슨 사내에게
화인이란 말은 쓰지 말기로 해. fine처럼 들리거든
좋아, 끝이야! FINE

염소의 긴 사각 눈동자는 상장으로 다는 검은 리본
아무리 해도 사각 눈동자에 우리를 맞출 수는 없어
울음을 가수 분해하여 웃음의 땟국을 세탁해야 하지
말간 슬픔이, 오래 묵은 푸른 얼룩처럼 흔적만 남지

그러고 한동안

손바닥으로
유리창을 한 번 슥 문지르자 어둠이 오고
다시 한 번 더 닦아내자 새벽이 돌아왔다

하얀 나무들 빼곡히 들어선 들판이 오고
연두가 오고, 초록이 오고
바람이 불고, 비가 한동안 내리다 그쳤다

그 사이로 간간이 꽃들이 피고 시들었다

어린 여자가 대문 앞에 쪼그려 앉아 운다

나동그라진 우산의 여자와
그 앞에 서서 어쩔 줄 몰라 하는 남자의
'누군지 모르는'을 손바닥으로 문질렀다

목이 긴 호리병 속 여자 울음을 건져냈다

불그레하고 엷은 미소가 슬무시* 돌아왔다

차리다 만 밥상을, 다시 만지기 시작했다

식탁을 슥 문질러 닦았다

풀매미였다

그 여름이 갔다
그리고 한동안 아무것도 다녀가지 않았다

* 슬무시: "슬며시"의 강원 방언

평장平葬

산이 떠내려갔다
마을 뒷산이 산 아랫마을로 떠내려갔다

밤새 마을로 내려간 산이

높은 것이 넓어지며 마을을 한 뼘 높였다

하늘이 한결 가까워진 높이에
땅 한 평 없던 사람의 선산이 생겼다

"아범아, 애쓸 거 없다"

희미하게 돋은 하얀 낮달이

공중을 텅텅 울리던 잘 마른 웃음이 하나
하늘을 건너갔다

붉은 안개

난, 이상한 여름을 나고 있다

이하

진
　술
　　거
　　　부

결국 누군가는
침묵하는 진실을 견뎌야 하리

광막한 바다에서의 오열을
공중에 피를 뿜는 고래들처럼

혼몽昏懜

잠 을 잠

이건 천칭의 접시라고 하자

그냥 고요라고 하자

가만있으면 아무도 모르는
저녁이었다고 하자

꿈이란 분동을 얹으면, 너
달맞이꽃 끝없이 피는 들판

어 디 야

기울다 툭
아주 잠깐 흔들리다 잠잠

아무도 모르게 돌아와
어디서도 돌아오지 못하는

꿈 을 꿈

이건 천칭의 접시라고 하자

가족

팔월 염천에

숲이 한 덩이로
부둥켜안고 운다

ㅁ ㅁ, 미움

잘생긴 돌

강바닥에 박힌 검은 바위에

누구였을까
저런 사람은

며칠을 가도
그대로 서 있다

누군가

되는대로 생긴 바위 위에
되는대로 생긴 돌을 세웠다

며칠이고
반듯이 선 돌

타는 가을

간 저녁에
하늘이 탔다는데

다 탔다는데

난 그것도 모르고
잠만 잤다

섬기던 꿈이
가을을 타는지

불티가 날아드는 능선처럼

느닷없이 들이친 산화처럼

생이 다한 줄도 모르고
돌아치다 목메는 들개처럼

알불 앞에 조곤조곤 앉아

벌겋게 익어가는 얼굴처럼

해쓱한 잠결에도
나는 목이 탔다

2부

폐지 줍는 사람들

가난해서 도시의 골목을 떠나지 못하는

도시 바랭이들
편의점 휴지통에 매혹된 도시 꿀벌들
버려진 아이스크림 포장지에 열광하는
파리, 파리인간들
귀신처럼 어둠을 떠도는 주광성 낭인들

시청 앞 전광판에서 하나를 슬쩍 빼버린
오늘의 주민 수

소리 없이 사라지는 두통

영화관 옆 동물원이 더워서 문 닫은 날
만날 졸저만 쓰는 빼빼한 류나우져 씨가
댑싸리비 같은 느타리우드 씨를 만났다

하늘이 잠깐 눈물 흘리고 간 어둑새벽
교회 가까운 골목에서 침침하게 충돌하고

사라졌다

별이
이마 꼭대기서 반짝하고 켜지는 밤이었다

9월 나비

9월 3일생, 나비 일족일 것으로 추정
날개는 반투명하며 시맥이 뚜렷하다
모시나비를 닮았는데 아니다, 다르다
상제나비로 보기에는 조금 더 멀다

밤새 무슨 일이 있었다
정면으로 쏟아진 눈부신 아침 햇살이 눈으로 들이치는
강둑길에서
희고 반투명한 날개를 가진 것들이 나부끼듯 공중 어지
럽게 날고 있다
자전거를 탄 한 사람이 나비 떼를 공중으로 풍기고 지
나갔다
길 위에 사람은 역광 속으로 느리게 멀어지다 아주 사
라져 버리고
그 뒤에서 나른히 풀려나가던 풍경이 마침내 정지화면
처럼 멈춰 섰다
길이 휘어지는 지점에서 툭 끊겼다
나비 이름이 다시 몹시 궁금해졌다
9월 아침 느닷없이 무더기로 우화한 눈부시고 신비한

이것들을 우선
　태명을 짓듯 9월 나비로 부르기로 했다
　성급한 몇은 벌써 거미줄에 걸려들었다
　가는 여름에 초조한 무당거미들이 사방에 널렸다
　거미줄에 걸려든 서넛을 사진으로 돌린 수소문 끝에 이
름을 알아냈다

　벚나무모시나방
　나방이었다, 해충으로 분류된
　늦은 봄부터 벚나무 잎을 밉살맞게도 갉아 먹더니
　어이없는 해프닝은 그렇게 해서 끝이 났다

　그러고도 고적한 정작은
　아쉬움의 한참을 나비와 나방 사이에서 갈팡질팡, 나비
가 아른거렸다
　저렇게 아름다운 것으로 태어나다니
　둔박鈍朴한 우리의 뇌 구조는 대체 왜 그러는 걸까
　'9월의 신부'란 이름으로 마무리 지어 덮고, 그대로 남
겨 두기로 했다

우리도 그랬을 것이다

나방이었다.

무無

무를 수확하는 철이다

무 수확을 마치고 일꾼들이 손 뗀 밭을
메뚜기 떼 같은 사람들이 한 차례 더 훑고 갔다

나슨한 발품이나 팔자고 소문을 따라나선 길
빙충맞은 소문은 매번 내게 늦게 도착했다

허탕을 쳤다

대체
무엇이 있었다는 걸까

전어錢魚

돌아보지 마라

이건 미늘을 품은 미끼다
그물로 후려 말의 미늘을 슬쩍 심었다

가지런히 잘린 전어회를 물끄러미

돈 고기라니

정말
저래 멀쩡한 표정으로 토막 나 있다니

새하얀 스티로폼 접시 위에
랩으로 감싸 윤을 입힌 눈속임

일제히 거짓을 말하는 윤의 아가리들

돌아보지 마라
매정한 팔에 이끌려 매장을 떠났다

잘린 대가리들은 어디서 한군데 모여
아가리들의 헛소리를 되뇌고 있을 터

도로아미타불

포식자들의 시간을 반역할
바닷물고기의 역습이 시작될 시간이다

소리 없이 천천히 사라질 것이다

베잠방이 방귀 새듯
체로 거른 방사능 오염수는, 안전하다

옛날 옛날에

어머니의 옛날 옛날에
어머니 옛날이야기가 두런두런 길어지는 밤
어머니의 옛날 아기는 어느새 잠이 들고
어머니의 옛날 옛적도 홀연한 잠에 들면
일찍 뜬 달은 하얀 박꽃으로 지붕을 올렸다

이젠 초승달 같은 원어민이 살지 않는 마을
사진마다 치자꽃 레이를 걸고 하얗게 웃는
어머니는 이야기를 짓는 누에였을지도 몰라
옛날 옛날에를 어머니의 모국어로 듣는 밤
새 우는 기척을 따라 지상을 떠난 낙원이여

여기선 안 들리는 타히티의 밤 파도 소리여
무명이여, 무명 실타래여, 아프로디테여
방태산 호래이, 팥 주저리, 지근이, 하마루,
조롱고개, 창말, 꺼먹건달, 배달은석, 정자리,
도깨비 터, 붉은 목단을 수놓은 횃댓보여

그때처럼 새까맣게 들러붙는 밤 허기여

누가 옛날 옛적에 그 이야기를 좀 들려다오
어머니가 목에 걸어준 무명실 타래여
신화여
탯줄을 제 목에 감고 나온 비장한 울음이여
때가 오를 대로 올라 이젠 비루한 명줄이여

제풀에 주저앉는 삭정이 울 같은 바람이여
사람과 사람의 경계여

그 옛날 옛날에는 이제 아무도 살지 않는다

쇼팽 에튀드 11번

꽁지 불이 놀란 듯이 뒤로 밀렸다

어둠 속
검은 것에 새빨간 불이 들어왔다

꼬리를 치켜들고 불을 흔들었다

서로 뚫어져라 지켜보던 잠깐

반쯤 열린 창으로
연습곡 11번이 흘러나오고 있다

검은 것이 슬쩍 눈길을 피하며
팽팽하던 긴장은 싱겁게 풀렸다

연습 없는 저녁이
미끄러지듯 저마다의 길을 간다

겨울을 재촉하는 가을비가 내리고

갈바람이 길 위를 세차게 불어가고

의기양양한 길 위에서
오늘의 로드킬은 없다

급하게 잠깐
고양이 똥꼬에 빨간 불이 들어왔다
나가는 것을 보았다

아무 때고 느닷없이
섬이 외로움이라는 걸 의미화하는
횡단보도 신호등 옆에 멈춰 서서

한 사람의 무인도에 관한

생의 절반인 외로움에 전화를 걸고
그냥 해보았노라 하고 조금 웃었다

노승老僧

동안거의 결제가
가까웠다

늙은 고욤나무가
무른 생각들을 다 털었다

그 자리에
하늘을 들여세웠다

배불리 먹인 참새들을
공중 자욱이 띄워 올렸다

떫은 독송 바지게를 엎고
빙긋 웃었다

하늘 까마득한 파안破顏

진종일 고요하다

목요일엔 비

11월 하늘에 비가 내린다

중중거리는 늙은 개처럼
비가 내린다

쉬뷔륄쉬뷔륄쉬뷔륄

11월 하늘에 비가 내린다

사람들은 계속 불행하다

도통
행복할 일을 하지 않았다

유령들

우우 우우우
굶주림으로 바짝 패랜 바람의 이리떼가 돌아왔다

첫겨울의 눈을 뜬
눈 파란 새끼들을 데리고 돌아왔다

인간의 숲으로

개와 마찬가지로 인간의 언어를 조금 물려받은
타이가 검은 숲을 건너온 투명 두건의 유령들이
설원을 버리고 떠나온 바람 혼에 들린 눈알들이

돌아왔다

박주가리 박을 흔들어, 작고 흰 새들을 쏟았다
길에 뭉쳐 지내던 사람들을 나슨히 풀어 날렸다

그것으로 그들이 돌아온 것을 알렸다

그림자 없는 것들의 울부짖음이 어느 한순간
검은 하늘을 빠르게 스쳐 불티처럼 날아다니고
사람들과 새들은 투명한 풍경 속으로 사라졌다

우우 우우우

마당가 느티나무 가지들은 흉흉한 소문에 떨고
사람들의 마을에서는 마침내 한파경보가 내렸다

일찌감치 파한 가을을 마당에서 걷어 들이고
먼 지방의 뉴스 시간부터 눈이 내리기 시작했다

하울링으로만 서로의 정처를 묻는
이젠 돌아올 수 없는 부족의 이리떼가 돌아왔다

전야前夜

자려고
자정에 누웠다

1시 11분
2시 22분
3시 33분
4시 44분
5시 55분

신기하리만치
그 시간마다 깼다

6시 66분이 없어
늦잠을 잤다

어떡하긴
뭘 어떡해

뭐

속젓

속 없는 것들

바다를 잃고 어느 통곡을 떠돌고 있나

대설大雪

대설을 무시하고 겨울비가 내렸다

바람이 다 녹은 대설을 끌고 왔다

바람이 자면
잠을 깨야 해

어는 덤부사리* 속
첫 겨울을 나는 어린 길고양이를 깨워야 한다

발 묶인 게 분명해

대설이라는데 겨울비가 줄기차다

비 그친 다음으로 찬바람을 쏟았다

폭설의 착시에 갇힌 모두
아칙*을 짓도록 발그름재*두 없는지

땟거리는 에우는지

우째* 그따군지

아덜*은 우찌* 잘 지내는지

* 덤부사리: '덤불'의 강원 방언
* 발그름재: '발그림자'의 강원 방언
* 아칙: '아침'의 강원 방언
* 우째: '어째'의 강원 방언
* 아덜: '애들'의 방언
* 우찌: '어찌'의 강원 방언

고독

엎어 두었던
빈 독을 바로 세웠다

빈 독에 거꾸로 박혀
노래를 불렀다

대자리* 안쪽
어슬하고 부드러운 매혹을

옹관甕棺을

속 궁근 약속을 슬고 간 껍데기 거미를
마른행주로 쓸었다

다시 엎어 세웠다

어둑서니 같은
옹달거미나 이따금 드나들

빈
걸

건가자미

코뚜레 꿴

가자며

바람 줄을 건

가자미

한 발짝도 더 나가지 못하는 바다를
물끄러미 내려다보는

야양댁

건가자미

건듯 나부끼는

이기 머래요

그 겨울의 고독

그림 속 오래
점방 문은 닫혀 있는데

흰 꽃 만발한 꽃나무 아래
혼자 세워 둔 자전거 하나

어딜 갔을까

꽃이 지겠는데

너무 먼 나라

거기

하느님 나라에선 아무것도 아닌 일로
매일 조금씩 다투고 울었던 것 같아요

그거
너무 힘들어요

사랑

성탄절 날 새벽
허탕인 날들이 하염없이 내렸다

동네를 한 바퀴 돌아 새하얗게 덮었다
눈으로 지운 세상이라니

다시

네

적설

무겁게 묻혔다

까마귀 한 마리가 높은 나무에 앉아
울다 갔다

밀고 오던 저녁이
어디서 멈췄을지도 모르지

저녁을 멈춘
무덤이 늘었다

타관

겨울이 그렇지
눈에 익을 때쯤이면 봄에 가 있을 것

깜깜한 들판에
불 하나 깜빡 들어왔다 꺼지고
인화처럼 푸른 혼불 하나
아주 먼 데서 들어왔다 나가고

울컥거리는 이름 하나 델 것이 없어

어느덧
바람은 겨울 벌판에 웅장하고
아른아른 아직은 눈에 선 것들이여

수상한 유리창이 성에를 키우는 밤
바람에 날리는 날라리

아슴푸레한 익명들만 비비적대는
어디서나 여기는 지독히 먼 타관

야밤을 혼자 걸어가는 태평소 가락

돌아간다는 말도 그렇지
이승도 눈에 익으면 저승에 가까울 것

3부

눈 내리는 저녁

검은 냄비를 비운 무적霧笛은

눈안개를 풀어
모래톱에 얹힌 고래를 끌어안고

철석같은 철썩

철썩, 철썩

그만 돌아가자 우네

평창이모집에 갇힌 흐린 불빛은
침침한 낮부터 젖고 있는데

진눈깨비 내리는
이른 저녁

시간이 없는
감쪽같이 없는

저녁 장을 보러 간 이모는
돌아오지도 않고

말수 줄어든 도루매기* 잡담들은
허옇게 익어가는 눈알들을 고르다
얕은 잠에 졸고

지나가는 발소리에
귀를 대 보는

절벅거리는 눈발이 공중을 떠도는
소경 같은 저녁

* 도루매기: '도루묵'의 강원 방언

반지하 살아요

가로누운 쪽창
창문 위의 눈부신 발목들 세상

창유리 너머를 단정히 걸어간
지하로 타들어가는 발자국들

누워선 볼 수 없는 지상의 뒤편
푸른 잔디밭 위를 굴러가는 해

하늘을 밟지 맙시다
피켓을 들고 걸어가는 흰 발목

간밤, 전등이 나간 계단에서
힘없이 부러진 가느다란 목발

지하로 내려가다
반지하에 갇혔다

지금이 달아날 마지막 기회야

백린탄白燐彈이었을까

개나리 몇을 쪼그려 둘러친
성의 없이 가려진 이마 위 하늘

허술하게 핀 고양이 눈알은
장의사가 보낸 고용인이었을 것

손목시계를 훑던 퀭한 눈이
공허한 눈을 들여다보다 갔다

벽에 걸린 자루 같은 외투들과
기절한 듯 늘어진 단춧구멍들

일찌감치 찾아드는 저녁을
반지하에선 서로 눈감아주었다

구멍에서 슬쩍 사라지는 단추들

밥

말기 암 병동
파블로프의 개처럼

개처럼

오오, 미안하다
길로 태어난 어린 고양이

밥으로
기어가는 길

개새끼처럼 울었다

꽃샘추위

살금살금 걸음을 따라오던 고양이
돌아보면 짐짓 꽃나무인 척하고

고적한 목련처럼 멈추어 서서
졸린 눈도 무거워지는 걸 보면

아무려나
봄날은 봄날인 게야

꽃을 내기 걸으라 하던
그런 봄날은 어쩌자고 한눈만 팔고

꽃눈이 오늘따라 먼 길을 가는지
바람은 가지 끝에서 맹렬히 불고

까마귀는 또 장렬하게 짖어 쌓는지

아무려나
봄날은 봄날인 게야

명함

82

빳빳한 당신을 책갈피로 잘 쓰고 있습니다

빳빳한 당신을 책갈피로 잘 쓰고 있습니다

파손 주의

지나간 한 주에만

유리병을 하나 깨 먹고
강화유리 냄비 뚜껑을 깨 먹고
현관문 유리를 깨 먹고
난로 화구 내열 유리를 깨 먹고

저지레만 치고 다니는
늙은 수캐처럼

깨지기 쉬운 날들을
손에서 자주 놓치고

생트집도 무색해 쓸쓸한 봄날
어느새 내게도 실금이 갔다

낙우송落羽松

가다 가다 산이나 될까
살다 살다 나무가 될까

울다 울다 자고새 될까
자다 자다 자운영 꽃밭

명줄 올은 몇이나 될까

하루 가면 툭 끊어지고
자고 나면 또 끊어먹고

봄눈 산산이 날리는데
가랑눈이 지며 오는지

검은 깃털은 하나
공중 바람에 실려와 눈밭에 지고

하늘을 팽팽히 당기던
오금

검은 새 하나도 방금
펑해, 끊어지고 있던데

중中

태어나는 중

꽃이 피는 중

무언 가운데
사라지는 중

나는
무슨 가운데

늘
거기 머무는

새벽이면 하얗게 어는 공중을 지나

다시
물오르는 중

핑계처럼

연둣빛 초록으로
사라지는 중

아직은 낯선
어느 봄날 중

도깨비 홀린 듯

아주아주 조그만 아이가
울던 울음을 그쳤다

무슨 얘기 해줄까

아버지 아버지
도깨이 얘이애

깜깜한 밤
평야 끝에 걸린 불빛 하나에 홀려
밤길을 새도록 걸어 본 적이 있나

걸어도 걸어도 길은 끝나지 않고
장닭이 울면 사라져 없던 불빛을

거기가 어딘지
찾기는 했는지

맹꽁쩡꽁

방아깨비 태워주던 아이는 없고

바람에 멀고

아주아주 작았던 별 아이도
이제는 멀어서 빛나는, 타관에 사니

봄 마실

달롱* 된장찌개를 끓였다

형제들 이름을 부러 하나씩 불러 모으던
오래전 어머니의 저녁 밥상을 다녀왔다

아버지는 아직
사진 밖 멀리서 집으로 걸어오고 있고

무슨 일인지
혼자만 빠져 있는 가족사진에서처럼

흐린 빗소리조차 늦도록 두런거리는

돌아보면 문득
아버지도, 어머니도, 형들도, 보이지 않는

호야 불그림자 장지문에 어룽거리다
문풍지 소리 같은 그리움도 펄럭 저무는

목소리만 공중에 남아 귓가에 쟁쟁한
찔레꽃 나직이 붉게 피는 어머니의 남쪽

어머니의 밥상처럼 투가리* 하나 올려놓고
저녁 밥상이 한참을 환했다

* 달롱: 달래의 강원 방언
* 투가리: 뚝배기의 강원 방언

꽃마리

마리는 자라지 않는 아주 작은 아이예요

꽃을 심은 적 없어 그냥 '마리'로 불러요

낮은 소리로 "마리!" 하고 부르면

눈이 동그란
엷은 하늘빛 계집애가 거기 서 있어요

예전에 살던 사람들의 동네에선
올해도 봄 들판에 꽃다지가 피고 있어요

하릴없이 가버린 봄이 다시 오려나 봐요

꽃마리도 피겠지요?

꽃마리의 꽃말은 '나를 잊지 마세요.'래요

꽃다지 꽃말은 '무관심'이라지요

그러지 말라고

우산이 있는 풍경

지금은
아랫집 할머니가
노인 요양보호 시설에 가는 시간

그 승합차가 방금 떠났다

비 온다

할머니의 어린 손자와 학교를 가는
턱없이 크고 검은 박쥐우산

길을 따라 떠내려가는 우산들

비좁은 사진틀 안에서 북적거리는
소리 없이 모여 웃는 사람들처럼

조금씩 멀어져 간다

우리는

누군가 세워 두고 간 거리 풍경과
날마다 새로 작별하고 있다

반벙어리 새

녹슨 돌쩌귀 같은

날이 새려면 아직 먼 새벽어둠을
누가 자꾸 열었다 닫는지

삐잇

바싹 마른 목구멍 같은
뒤틀린 나무 서랍 같은

가락이 없는 새된 소리

바람이 호각을 불고 가는지

삐잇

흐리고 낮고 간결하게
좁은 틈을 비집고 여닫는

동이 트려면 아직 먼 어둑새벽을
누가 운명을 열었다 닫는지

간절하게 불러줄 이름이 없는
새가 운다

새는
제 이름을 우는 거라 하던데

첫새벽 누가
서랍 속 운명을 열어 보는지

레디메이드 하류

자전하는 돌
치성 바위가 갈라졌다

돌 속에 들어앉아
돌인 줄 모르고, 돌이다

형국이 기가 막혀
개명을 해도 자갈

하류로 흘러간 사람은
모래가 되었다

백사장으로 빛나는

하류에 이르러
저마다 빛나는 하류

흔한 낮의 한창때를
빛인 줄 모르고 빛났다

하류를 떠난 모래알은
모래 먼지가 되었다

황사 바람이 분다

누천년을
그들이 돌아오고 있다

다시 돌 속에 들어앉아
돌인 줄 모르고, 돌이다

그 사이 바깥은
조금도 바뀌지 않았다

폐업

만개한

꽃에 팔린 사람들의
공지천 천변 길

바글거리는
일요일 꽃날 꽃요일

꽃이 바쁘겠네

날빛 옥양목 같은 날
그에게는 너무 긴, 벚나무 꽃길 이야기

환호하는 봄바람에 꽃나무 헐고

꽃잎 다 말아먹고

옜다, 기분이지

집 팔고
땅문서 내고

하루 만에

망했다

첫사랑은 버스 정거장에서 끝났다

시내버스 정거장 옆 벚나무가 꽃잎을 불던 날

아니다
고압선 활선 작업을 하던 친구를
전기가 불던 날

바람 불어 꽃이 동나던 날

공단 골목을 빠져나온 꽃의 도발은
먼저 도착한 방향이 다른 막차를 타고 떠났다

피고 지는 일을 잘 모르던 때의 일이다

오늘도 버스 정거장에 바람이 분다

이제라도 대문을 나서기만 하면
어디로든 다시 갈 수 있을 줄 알았는데

꽃의 순절에 막힌 버스는 끝내 오지 않았다

밖을 휘돌아 온 길은 대문에서 뒤로 잠기고

바람에 쓸려 길 위를 떠도는
콧날 시큰한 꽃잎들의 저녁이, 뚝딱 저물었다

표류漂流하는 자

떠도는
섬이 모두 국가라면

나도 오늘은

오오!

아주아주 작은 섬 하나
애국가로 갖고 싶다

잔물결에도
쉽게 지워지는 섬 하나

우리가 가여워서
차마 사라지지 못하는

오래된
모래 풀등 하나

오오!

우리가 모두 섬이라면

국기에 대하여 경례

춘정春情

달밤을 우는
길고양이

엷게 흐린

보름달이 떴다

봄이로구나

4부

4부

개구리 만세

겨울을 나고부터
다리를 앓기 시작했다

이젠 그만
발밑이 공중 되려나 보다

붙박이별이 되겠지

삽날에 찍힌 봄날도
어느새 거반 지나갔다

가는 봄 내내
아무 데도 안 가도 됐다

골판지별의 울짱 안에선

봄을 낯설게 건너뛴
이상한 여름이 열리고 있다

아무도 기억하지 못하는 바다 노래를 아나

그건 그냥 옛날 노래야

오월 하루 햇살 좋은 날에

꽃말들은, 누가 다 만들었을까

신이 만들지 않은 건 분명해

양봉업자가
꿀을 만드는 건 아닌 걸 보면

Honey!

벌들이 꿀을 따는 아까시
꽃향기는 바람에 날리고

숨길 수 없는 걸 네게 보내고

부지런한 말이
신을 만들지 않는 것처럼

꽃들이 고독사하기 좋은 날이다

샘밭

여우고개를 걸어 넘는 가늘고 긴, 뱀 길 등허리

서낭나무는 간데없고
옛일 모두 어둑서니 같은

저녁이 오면
어슬어슬한 산그림자 마을로 끌고 내려와 눕는

나무 그림자 섞인 고양이들, 마당으로 모여드는
그곳

오월

오, 이런. 오월이었어?

나는 삼월에 입던 점퍼를 여전히 입고 있다
어쩌면 그 훨씬 전부터였을지도 모른다
그 사이
벚나무가 일찌감치 꽃을 벗고 명퇴를 했다
민들레 가족이 뿔뿔이 무작정 여행을 떠나고
창문 아래 돌 틈에서 제비꽃이 다섯 번 피고
시들거리다 좌판을 엎었다
바람에 벌벌거리던 꽃다지도 쓰러져 누웠다
다시 금계국이 꽃망울을 부풀리기 시작했다
금계국이 꽃 한 송이를 피워 올렸다
누가 그 꽃을 꺾어 길가 풀숲에 던져버렸다
개자식
목사가 개 목을 조르다가 동물학대로 걸렸다
시침을 앞지르기 하려는 분침이 용맹을 떨던
오후 3시 15분경, 비를 불다 바람이 걸렸다

오, 이런.

오월은, 죄 무른 초록에 중독되고 있었구나!

죄다 파란 명찰*이었어

* 파란 명찰: 교도소 내에서 마약 사범의 표식

층간 소음

쉽게 잠들지 못하는 밤

지붕 위를 뛰어다니는 빗소리

하릴없이 비 맞고 있을
고스란한 탄원

다 젖었을 고양이 밥이나
밖에 놓여난 것들을 생각했다

인디언 식 이름을 가진 것들은
오늘 밤 돌아오지 못할 것이다

어디서 자꾸, 빗소리가 샌다

잠귀 어둑한 그 더 위쪽

이승과 저승의 얇은 층간에서
소란하게 저무는 밤 소식

가죽 시장

부림소 한 마리 가죽이 장에 나왔다

누가
성가신 죽음을 깨끗이 손질해 놓았다

가족을 갈아엎고서 가죽으로 팔렸다

우후雨後

비 그친 뒤
땅이 피어오르다 산을 만들고 안개를 만들고 구름이 되
었다

구름은 매번 새를 빚어 새 떼를 날리고 산들바람이 되
었다

새파랗게 갠 하늘이 싱그러운 아침으로 빛나던 그 한창때
번쩍거리는 태양의 징, 둥근 주름을 따라
설렁설렁 아침을 걸어가며 후려갈긴 징소리가 낭창거
리던

찌르레기 울음이 벌창인 그 강둑길에서의 입하를 지나
도록

땅에 붙들린
들판이나 구릉이나 외딴 경사지에 꽃이 피는 건 여벌이
었다

오른손잡이 계절이
달력의 왼쪽에서 오른쪽으로 발걸음을 옮길 때마다

밤비가 한 번씩 이웃의 듬성듬성한 꽃밭을 조용히 지나
가고
그런 다음날이면, 처음 보는 새들이 꽃밭을 다녀가고는
했다

바람에 향香을 듣다

바람이 어쩌다 한 번씩 다녀갔다

바람에 실려 온 무엇을 따라가다 보면
쥐똥나무 생울타리가 있다

쥐똥나무 꽃이 피었더라는 말이다

바람에 실려 온 무엇을 따라가다 보면
거기 서 있는 당신을 보았다

바람에 지지 않는 시절 향은 없으니
이참에 당신도 편히 지내시라

마음 다져 이제는 울지 않는 아이들
부는 바람에 향도 흐려 안 보이거든

흐렸던 날들은 죄다 손 놓아 보내고

옛일처럼

새 소리 동동거리는 흐린 길을 따라
혼자 가는 길도 떠나 봐야 하지 않겠나

인동 덩굴

한껏 팔을 뻗어서

제 머리 쓰다듬기

웃고 떠들며
흰소리 늘어놓기

삶의 농담은 늘 조금씩 과장되곤 하지

도시의 유령
무적자無籍者

어딘지도 모르고
어떻게든

꽃을 건
고적한 공중

잡을 것 하나 없는 아차 순간은

목숨을 건 모두 최선을 다해 진심이지

어느새
손바닥 안의 공중을 움켜쥔

뿌리의 적籍을 둔 곳이 먼 남의 땅 같은
초보 비계공의 찬밥 덩이

아, 기도하기

허무 개그 연작

제4의 시각]

행인 1 : 문 닫았어요?

행인 2 : 왜?

행인 1 : 그러게...

행인 3 : ㅋㅋㅋ

행인 4 :

문제]

밤새 창문을 열고 자다 새소리를 들었다고 했다
이비인후과를 다녀와야겠단 문자와 함께 받았다

조용한 방]

한 번씩 창문을 열면
창유리에 매달려 종종거리던 빗소리들이
갑자기 열린 창에 어리둥절해 섰던 빗소리들이
방안으로 왈칵 쏟아져 들어왔다

자디잔 쇠구슬처럼 알알이 흩어져
방안 구석구석으로 가 이 틈 저 틈 숨어들었다
술래가 없는 숨바꼭질 같은 날들은 이어지고
그런 날들이 한 달을 넘겨 계속되었다
그러고도 빗소리는 방안을 다 채우지 못했다
덜컥 드는 의심처럼 비가 멎는 잠깐씩
죽은 듯, 서로의 귀를 당겨 들려주는 조용한 방
엷게 누운 나도 없는 오후
빈집 안을 맨발로 가만가만 걸어 다니는 숨소리
새소리보다 흐린 아이들은 대체 어디 숨었을까
그 많던 빗소리는 모두 다 어디로 숨어버린 걸까

어디 숨었을까

너지!

인력 시장 비수기

귀가 달린 밤은
눈을 내리덮은 너무 큰 모자

새벽이
비 내리는 밤을
홀랑 벗겨 놓았다

비가 알몸으로 내리고 있다

푸르게 빛나는 투명 빗줄기

이젠 알 수 있지
안녕, 우기雨期.

유월이 가기 전
우리는 이제부터 시작이야

초조하게 젖어야 하지

비가 머츰한 잠깐 사이
노랑 발 찌르레기와 참새가
마당을 다녀갔다

괜히 발목까지 적신
간밤의 길몽

빈 마당을 물고 날아갔다

안부

하루 한 번
새벽 네 시 감도 교신

응답 없음

아침 여섯 시
메시지가 도착했다

감도 양호

꿈의 궤도가 어둡고 쓸쓸한 행성처럼
밤새 모두 잘 지내고 있었구나

하루가 시작되었다

네가 아직
세상의 전부일 때

미안

오늘은
창고에서 낡아가는 그림동화 책들을 다 치웠어

마흔 해가 다 되어가는 것들이지

한 권이 떨어지며 우연히 펼쳐진 책갈피 속에선
네 엄마가 아직 거기서 책을 읽어주고 있더라고

눈가를 반짝 스치고 지나가는
더디 마르고 있는 엄마의 눈물을 보았어

슬픈 짐을 남기는 건 좋은 일이 아닌 것 같아

한참을 망설이다 시적시적, 고물상에 주고 왔어

맹수

불개미 한 마리가
나를 물어 죽이려고 목을 물었다

헉

불개미 한 마리가
나를 물어 죽이려고 목을 물었다

뇌진탕

한꺼번에

머릿속 생각들을
길바닥에 다 쏟았다

딱 하나 남은

생각

집에 가고 싶다

엄마

새들은 나무에서 나서 달로 날아갔다

일 년 열두 달을 꼬박꼬박
굽은 공중으로 달을 밀어 올리는
난쟁이들

달을 등 쓸어 주는 나무들을 보았다

키 낮은 관목 숲으로
보름에 한 번씩은
달로 간 새들이 한꺼번에 다녀간다

문도 없는 벙어리 집 마당에 싱궈 둔
회양목 두 그루

해마다 보름달이 서너 번 다녀간 뒤로
회양목 정수리에는 노랑 꽃물이 든다

보름달이 일찍 뜨는 더구나 봄밤이면

수삽한 연노랑 꽃이 유독 환해 있었다

볕 따갑던 여름은 가고, 가을은 들고
그 여름을 품고 진 마른 꽃방을 풀면

저마다 씨앗을 안은 부엉이 셋이
두런두런 이마를 맞대고 둘러앉았다

달은 산등성이로 매일 떠오르고

춥고 긴 겨울밤이 오면 산골짝 멀리서
부엉이 우는 소리가 밤새도록 들렸다

꽃말

길에서 태어난

어린 고양이 하나
납작 엎드려 피었다

검은 아스팔트길 위에 활짝 핀

가늘고 길고 노란
노랑 로제트 고양이

그의 꽃말

다음부터는
나를 밟지 마시오

슬픔

새벽하늘을

반짝거리는 새 떼가 삐라처럼 날아갔다

영일寧日

바닷가 마을에서는 바다가 벽이 된다는 것을
종일 술렁대는 파도가, 벽화였다는 것을 알았다

출렁이는 바다로 뛰어들어
바다를 기어오르는 사람들을 한없이 바라보았다

바닷가 마을이 백화 현상을 보이던 방낮이었다

문 닫은 지 오래된 바닷가 침침한 골목들이
휴업 팻말을 삐딱하게 건 국경일이었으므로

얼기설기 바리케이드 친 리어카들이 길을 막았다

청년들 몇이 벽 그림을 새로 그려 넣고 있었다

길 가운데서 양팔을 벌리고 입이 찢어지게 웃는
몸집 깡마르고 머리카락이 불밤송이 같은 아이와
고기잡이배와 날아가는 새들과 불가사리 해를

그녀와 바다 사이 오버행쯤에 매달려 깔깔거리다
함께 찾아낸 골목 식당에서 늦은 점심을 먹었다

바람에 자꾸 흐트러지는 앞 머리카락을 정리하며
양팔로 감싼 무릎에 턱을 괴고 쪼그려 앉았다가

바라보던 벽에 이마 위 바람을 슬쩍 밀어 넣기도

바람의 자리를 마련한 만행漫行을 갈채하다

파도처럼, 어딘가에 닿기 전까지는 우리가 모두
그저 소리 없이 흘러가는 소리였다는 걸 알았다

뜨거워지고 있던 손바닥, 두 장 낙엽을 비벼 껐다

어딘가에 부딪혀 돌아서기까지가 까맣게 멀어
하도 멀어, 하얗게 눈이 머는 바닷가 마을에서였다

움직이는 세계의 불확실성

오민석
(문학평론가 · 단국대 명예교수)

1

무의식 혹은 직관의 결과일 가능성이 높은데, 유기택은 이 세계를 어떤 흐름, 혹은 끝없이 움직이는 과정으로 간주한다. 그의 시들은 늘 움직이는 세계의 한 점에서 시작해 다른 끝을 건드리고, 그 시작과 끝의 좌표들은 기계적이라기보다는 그때그때 거의 무의식적으로 설정된다. 그의 촉수가 선택하는 이 흐름의 과정에서 다양한 시간이 만들어지고 공간이 생성되며, 그 안에 그만의 독특한 시적 서사들이 하나둘 얹힌다. 그가 바라보는 세계는 불확정적이며 비결정적인 세계인데, 그것은 그 세계 자체가 정지된 화면이 아니라 계속 움직이고 변화하는 것이기 때문이다.

이 안에선 왼쪽과 오른쪽밖에는 없다

누구나 이 안에선
무성 영화 화면 속 사건이 된다

소리를 죽였다

잠깐 회상은 대체로
흑과 백으로만 나뉘어 채록된 것들

왼쪽에서 들어와
오른쪽으로 빠르게 빠져나갔다

늙다 변절한 시인 같다

검은 굴에서 빠져나와
다시 검은 굴속으로 스르륵 달아난다

발이 사라진 먼 이승의 뱀처럼
타인의 설화說話처럼
침묵하는 스크린도어 비늘처럼

태평이다

앉았다, 섰다, 서성이다, 간다

언제 다시 올지 모르는 생은
불 들어온 역마다 잠깐씩 멈추어 섰다
그대로 떠났다
　—「태평역에서」 전문

　시인의 관심을 끄는 것은 공간 자체가 아니라 하나의
공간 안에서 이어지는 움직임이다. 객체를 유동성의 관점
에서 읽어내는 철학자로 요즘 각광을 받고 있는 토마스
네일T. Nail의 말을 따르면, 물질은 실체substance가 아니라
과정process이다. 모든 물질은 고정된 사물(이것 혹은 저
것!)이 아니라, 한 상태에서 다른 상태로 가는, 정해지지
않은 과정이거나 흐름이며, 계속 움직이므로 당연히 '비
결정적indeterminate'이다. 이런 진술을 그대로 삶에 비유해
도 큰일나지 않는다. 삶도 실체가 아니라 과정이며, 결정
된 구조가 아니라 비결정적 흐름이라면 어쩔 것인가. 가
령 이 시의 왼쪽과 오른쪽 굴 사이에선 무슨 일이 벌어지
나. 어떤 것이 "들어와" "빠르게 빠져나"간다. 이런 '움직
임'이야말로 세계의 본질이다. 움직임이 시간을 흐르게
하고 공간을 과정으로 만든다. 시인에겐 이 굴속에 무엇
이 들어와 천천히 빠지든, 빠르게 굴러가든 아무런 상관
없다. 시인에게 중요한 것은 그것이 다양한 형태로 움직

인다는 사실 자체이다. 그것은 "늙다 변절한 시인" 같기도 하고, "발이 사라진 먼 이승의 뱀" 같기도 하며, "타인의 설화說話" 같기도 하지만, 사실은 열거 가능한 모든 '움직임'을 닮아 있다. 중요한 것은 그것이 멈추어 있지 않고, "앉았다, 섰다, 서성이다, 간다"는 움직임 속에 있다는 사실이다. 시인은 그것을 "언제 다시 올지 모르는 생"에 비유한다. 생은 결정된 '앎' 속에 있지 않고 '모름'이라는 비결정적 흐름 속에 있다. 시인에게 생은 굴과 굴 사이를 비연속적으로, 준안정적으로metastable, 비결정적으로 지나가는 흐름이거나 속도이거나 방향이다.

손바닥으로
유리창을 한 번 슥 문지르자 어둠이 오고
다시 한 번 더 닦아내자 새벽이 돌아왔다

하얀 나무들 빼곡히 들어선 들판이 오고
연두가 오고, 초록이 오고
바람이 불고, 비가 한동안 내리다 그쳤다

그 사이로 간간이 꽃들이 피고 시들었다

어린 여자가 대문 앞에 쪼그려 앉아 운다

나동그라진 우산의 여자와
그 앞에 서서 어쩔 줄 몰라 하는 남자의
'누군지 모르는'을 손바닥으로 문질렀다

목이 긴 호리병 속 여자 울음을 건져냈다

불그레하고 엷은 미소가 슬무시 돌아왔다
차리다 만 밥상을, 다시 만지기 시작했다

식탁을 슥 문질러 닦았다

풀매미였다

그 여름이 갔다
그러고 한동안 아무것도 다녀가지 않았다
— 「그러고 한동안」 전문

먼저 제목을 보자. "그러고 한동안"이라니. "그러고"란
연결사는 그 앞의 어떤 사건과 그 뒤의 다른 사건의 존재
를 전제한다. 이미 무슨 일이, 무슨 움직임이 있었고, 뒤이
어 다른 사건이, 다른 움직임이 일어났다는 말이다. "한동
안"이라는 시간 지시어 역시 시간의 지속, 흐른 시간의 일
정한 양을 가리킨다. 시인은 이렇게 또 하나의 좌표에서
다른 좌표로 시간과 공간을 잡아 늘인다. 유기택 시인의

시간과 공간은 단면이 아니다. 그것은 늘 두께와 부피를 가지고 있으며 그 폭과 깊이는 온전히 세계의 '움직임'을 보여주기 위한 장field이다. 이 장 위에서 사물(존재)들은 흐르고, 접히며, 조형되고, 다른 사물(존재)로 변화한다. 유기택에게 중요한 것은 의미가 아니다. 시인은 의미나 도덕으로 기호를 무겁게 만들지 않는다. 그는 도대체 어떤 삶이 의미로 묵직한 삶인지 함부로 발설하지 않는다. 시인에게 중요한 것은, '거기'에서, 세상에서, 무수한 궤도들 위에서 무엇인가 쉬지 않고 일어나고, 벌어지고, 움직인다는 사실 자체이고, 그 움직임 때문에 비확정적이고, 비결정적이며, 일정 정도 오리무중인 삶과 현실이다. 시인에겐 의미의 저울에 함부로 올라오지 않는 탈의미적이며 탈가치적인 삶이야말로 실존의 진짜 모습이다. 시인은 마치 그것의 특별한 의미를 강요하지 않으면서 오로지 그 움직임만을 추구하고 따르며 보여주기를 좋아하는 영화감독 같다. 위 시를 보라. 위 시는 정지된(스틸) 사진이 아니라 움직이는 카메라가 포착하는 움직이는 세계이다. 손바닥으로 흐린 유리창을 문지르듯 렌즈를 닦아내면 어둠이 오고, 또 닦아내면 새벽이 온다. 카메라는 "하얀 나무들 빼곡히 들어선 들판"을 찍고, 그 연두와 초록이 오고, "바람이 불고, 비가 한동안 내리다" 그치는 풍경을 쫓는다. 그 사이로 간간이 꽃들이 피고 시들기도 한다. 그러다 카메라는 "대문 앞에 쪼그려 앉아" 우는 "어린 여자"의 모습을 포착한다. 그 앞에 당연한 서사처럼 "어쩔 줄 몰라 하는 남자"가 나타나고, 무언가 돌아오고 다시 시작하고, 닦고, 가고, "그러고 한동안 아무것도 다녀가지 않았다"는 진술로 이 작품은 끝난다. 자, 여기에 무슨 의미가 강요되나. 이 존재들의 각 축장에 무슨 윤리적 메시지가 있나. 만일 누군가 그런 것을 찾는다면 그것은 없는 것을 찾는 일이고, 찾는 것이 존재하지 않으므로 이 시를 난해하다고 판단한다면, 그것은 그렇게 생각하는 본인이 감당할 몫이다. 설사 그런 것이 있다고 할지라도, 그것은 시인이 아니라 이 시를 읽는 독자들이 시를 읽은 후에 스스로 꾸려내는 일이고, 설사 그러지 않아도 아무 상관이 없다. 시인에게 문제는 모든 객체와 존재들이 이렇게 어떤 두께와 부피를 가진 시간과 공간 속에 있다는 것이고, 거기에서 움직이고, 접히고, 포개지며, 다른 존재들로 변화하고 있다는 사실이다. 그것들은 끊임없이 변화하는 흐름이고 과정 자체이므로 그 어떤 주제어로도 결정되거나 파기되거나 생성되거나 약속되지 않는다. 그것은 그냥 움직이는 실존이다.

2

세계는 왜 비결정적이며 비확정적일까. 그것은 물론 일차적으로는 세계 자체가 흐름이고 움직임이며 과정이기 때문이다. 양자 역학의 대가인 하이젠베르크W. Heisenberg

에 따르면, "원자나 미립자들조차도 진짜가 아니다. 그것들은 하나의 사물이나 사실이 아니라 잠재성 혹은 가능성들의 세계를 형성한다." 실존의 비결정성을 인정해야 하는 또 하나의 이유는 바로 실존을 '바라보는' 주체 때문이다. 주체는 사물을 '있는 그대로' 바라보지 않는다. 본다는 행위 자체가 일정한 왜곡을 불러온다. 이것은 개념적 인지 차원에서의 주관성의 문제만으로 그치지 않으며, 심지어 자연과학적 관찰의 경우에도 해당이 된다. 하이젠베르크는 주체의 보는 행위(관찰)가 대상의 물리량을 측정하는 데조차도 영향을 준다고 보았다. 그의 말대로 "우리가 관찰하는 것은 자연 자체가 아니라 우리의 질문의 방식에 노출된 자연"이기 때문이다. 우리는 자연 자체를 보고 있는 것이 아니라, 우리의 질문에 합당한, 우리의 패러다임이 만들어낸 다른 자연을 보고 있다. 하이젠베르크는 자연과학적 측정(관찰)을 통해서 얻은 결과로는 대상의 위치나 모멘텀조차 정확히 파악하는 것이 불가능하다고 말하며 자연과학에서의 '불확정성의 원리'를 주장하였다.

지나간 한 주에만

유리병을 하나 깨 먹고
강화유리 냄비 뚜껑을 깨 먹고
현관문 유리를 깨 먹고

난로 화구 내열 유리를 깨 먹고

저지레만 치고 다니는
늙은 수캐처럼

깨지기 쉬운 날들을
손에서 자주 놓치고

생트집도 무색해 쓸쓸한 봄날
어느새 내게도 실금이 갔다
　—「파손 주의」 전문

이 시 속의 화자는 자신을 뭐든지 "깨 먹고" 망가뜨리고 "저지레만 치고 다니는/ 늙은 수캐"로 묘사한다. 그러나 대상을 왜곡하고, 굴절하며, 사고만 치고 다니는 사람은 화자만이 아니다. 세계의 확정성을 불가능하게 만드는 모든 보편적 주체야말로 세계를 "파손"하는 자들이며, 이 파손의 불가피성이야말로 세계의 불확정성을 확정 짓는 결정적인 요소이다.

이렇게 보면 이 시집은 그 자체 비결정적인 세계와 불확정성의 생산자인 주체 사이에 일어나는 다양한 풍경들을 담고 있다. 중요한 것은 유기택 시인이 이 불안정한 실존의 세계에서 굳이 확실한 것, 결정적인 것, 단정적인 것을 찾아 헤매지 않는다는 것이다. 그는 결정적 구조에 대한 갈증도, 확실한 대답에 대한 욕망도 갖고 있지 않다. 어찌 보면 그는 안개 나라의 안개처럼 비결정적인 세계의 불확정적인 주체로 안개의 풍경을 그린다. 손쉬운 답을 구하지 않음으로써 그는 더욱 오묘하고, 더 오래 들여다볼 가치가 있으며, 의미론적으로 더 풍요로운 세상을 일상적으로 만난다.

떠도는
섬이 모두 국가라면

나도 오늘은

오오!

아주아주 작은 섬 하나
애국가로 갖고 싶다

잔물결에도
쉽게 지워지는 섬 하나

우리가 가여워서
차마 사라지지 못하는

오래된
모래 풀등 하나

<u>오오!</u>

우리가 모두 섬이라면

국기에 대하여 경례
― 「표류漂流하는 자」 전문

그는 애초에 절대적 진리, 대문자 진리의 황금을 탐닉하지 않는다. 그는 진리의 제국이 아니라 오히려 "쉽게 지워지는 섬"처럼 "표류하는 자"임을 자부한다. 제국 같은 것은 엉터리 진리 대왕에게나 던져주라는 듯, 그는 "아주 아주 작은 섬"처럼 쉽게 지워지고 사라지는 주체의 편에 선다. 이 짧고 경쾌한 시는 이렇게 헐벗고 떠도는 작은 주체에 대한 아름다운 헌사이다. 그러나 그의 빛나는 찬가는 개체로서의 자신이 아니라 "우리"에게 바쳐진다. 그는 작은 '나' 안에서 거대한 '우리'를 본다. 나나 우리가 작은 섬일지라도 거대한 제국의 식민지가 아니라 이 세상의 모든 "국가"라면, 그리고 그런 "우리가 가여워서" "차마 사라지지 못하는" 것들이 있다면, 우리는 모든 우리에게 경의를 표할 수 있을 것이다.

3

　프레드릭 제임슨F. Jameson은 문체가 곧 세계관이라는 주장으로 자신의 난해한 문체를 옹호하였다. 나아가 그가 아도르노T. Adorno의 난해한 문체를 언급하면서, 그의 문체가 갖는 밀도가 "그 자체 비타협적인 태도의 산물"이며, "주위의 값싼 쉬움에 맞서 진정한 사고를 하기 위해 독자들이 치러야 할 대가"라고 한 말은, 그대로 유기택의 시들에도 해당이 된다. 유기택의 시들이 전체적으로 난해한 것은 아니다. 그러나 그의 시에서 어떤 일관된 "값싼 쉬움"을 찾는다면, 그것은 허사이다. 그의 언어는 단정적이고 결정적인 진술을 멀리하며, 독자들을 손쉬운 메시지의 감옥에 가두는 것을 거부한다. 그러므로 결정적이고 손쉬운 계몽의 언어를 기대하는 독자들에게 그의 시들은 때로 미로와 같다. 그는 세계의 비결정성과 비확정성을 그대로 인정하고 놓아두며, 제국의 언어가 아닌 "아주아주 작은 섬"의 언어를 사용하기 때문이다.

　태어나는 중

　꽃이 피는 중

무언 가운데
사라지는 중

나는
무슨 가운데

늘
거기 머무는

새벽이면 하얗게 어는 공중을 지나

다시
물오르는 중

핑계처럼

연둣빛 초록으로
사라지는 중

아직은 낯선
어느 봄날 중
― 「중中」 전문

이 글에서 시의 전문을 자꾸 인용하는 이유는 그의 시

들이 대부분 작은 서사narrative로 이루어져 있기 때문이
다. 그의 시의 처음이나 중간 혹은 일부만을 따로 떼어놓
고 보면 그의 시가 움직이는 동선 전체를 포착할 수가 없
다. 위의 시 역시 결정되거나 확정된 방향 없이 계속 움직
이며 어딘가로 흐르고 있는 과정 속의 존재를 작은 서사
의 형태로 표현하고 있다. 제목 그대로 존재는 확정된 것
이 아니라 '~되기'의 과정에 있다. "중中"은 존재의 그런
흐름을 나타내는 기표이다. 시인에게 어떤 존재가 어떤
과정을 거쳐 궁극적으로 도달할 공간이 어디인지는 중요
하지 않다. 그의 출발어는 도착어를 전제하지 않는다. 그
의 출발어는 그 모든 과정("중中")에서 계속 출발할 뿐이
다. 도착어가 전제되지 않으므로 그의 출발어는 비결정성
의 언어이고 비확정성의 언어이다. 그는 그렇게 사라지고
다시 물오르며, 또 사라지고 다시 태어나는 세계의 '움직
임'에 주목하지만, 이 다양한 움직임에 어떤 가치의 위계
도 부여하지 않는다.

달롱 된장찌개를 끓였다

형제들 이름을 부러 하나씩 불러 모으던
오래전 어머니의 저녁 밥상을 다녀왔다

아버지는 아직
사진 밖 멀리서 집으로 걸어오고 있고

무슨 일인지
혼자만 빠져 있는 가족사진에서처럼

흐린 빗소리조차 늦도록 두런거리는

돌아보면 문득
아버지도, 어머니도, 형들도, 보이지 않는

호야 불그림자 장지문에 어룽거리다
문풍지 소리 같은 그리움도 펄럭 저무는

목소리만 공중에 남아 귓가에 쟁쟁한
찔레꽃 나직이 붉게 피는 어머니의 남쪽

어머니의 밥상처럼 투가리 하나 올려놓고
저녁 밥상이 한참을 환했다
　　―「봄 마실」 전문

　이 작품 역시 스틸 사진에 시공간의 두께와 부피를 부여해 그것을 과정-서사process narrative로 변형하는 카메라의 언어를 느끼게 한다. "봄 마실"은 이제는 사라진, 그리운 과거로의 시간여행이다. 그곳에서 아버지, 어머니, 형들, 그리고 화자로 이루어진 가족들은 모두 어떤 존재에서 다른 존재로 움직이고 있다. 그중 누군가는 이제 더 이상 지상의 존재가 아니고 "목소리만 공중에 남아 귓가에 쟁쟁"하고, 어쩌다 돌아보면 이들이 모두 "보이지 않는", 그리하여 "문풍지 소리 같은 그리움"을 느끼게 하는 과정을, 이 시는 매우 따뜻하게 그려내고 있다. 결국 움직이는 세계의 불확정성을 통해서 유기택이 포착하는 것은 사람살이의 애틋한 풍경들이다. 그곳에는 대문자 진리도, 유일한 진리도 존재하지 않지만, 그렇다고 해서 사는 것 자체의 소소한 의미들조차 부재한 것은 아니다. 유일한 진리가 없으므로 세계는 오히려 다양하고, 절대적인 진리가 없으므로 세계는 오히려 넓다. 그렇다고 그 자리에 정지되어 있는 것도 아니므로 세계는 늘 새롭다. 그는 세계의 이 유동성을 움직임 그대로 풀어놓고 하나도 심심하지 않게(!) 세계의 간을 본다. 세계는 때로 외롭고, 따뜻하고, 슬프고, 정겹지만, 하나의 의미로 고정되지 않는다. 세계는 그저 흐르고 주름을 만들며 계속 변할 뿐이다. 끝

달아실에서 펴낸 유기택의 시집들

『사는 게 다 시지』(2021)

『환한 저녁』(2023)

『고양이 문신처럼 그리운 당신』(2024)

달아실 기획시집 42

네가 아직 세상의 전부일 때

1판 1쇄 발행	2025년 6월 30일
지은이	유기택
발행인	윤미소
발행처	(주)달아실출판사
책임편집	박제영
디자인	전부다
법률자문	김용진, 이종진
기획위원	박정대, 이홍섭, 전윤호
편집위원	김선순, 이나래
주소	강원도 춘천시 춘천로 257, 2층
전화	033-241-7661
팩스	033-241-7662
이메일	dalasilmoongo@naver.com
출판등록	2016년 12월 30일 제494호